私を勇気づけるあなたの言葉31

さなみ よしこ

はじめに

夫、佐波尚明が突然この世を去って早や三年の月日が流れました。

二〇二〇年三月六日のことでした。

出張から帰った次の日の早朝、何の前兆もないまま、隣のベッドで声もなく少し微笑んで、冷たくなっていたのです。


享年七十九歳でした。

ＭＲＩで、急性の大動脈解離という病名が解っても、いったい何が起こったのか、私には、その事実を受けとめることができませんでした。四十九日に納骨をしてからずっと、心を静める為に亡き夫に宛てて、手紙を書き続けております。

三回忌を迎える頃になって、気が付きました。

今まで私を支えてくれたのは、夫が折に触れて話した言葉だったことに。

会社の経営に追われて、忙しい月日でしたが、不思議に清らかな言葉ばかりだったのです。いつもしっかり私の目を見て誠実に話してくれた一言一言。あふれるほどの感謝を込めて一冊に残しておきたいと思いました。

折々の言葉を振り返り、その時の私の気持ちも綴りながらとても幸せでした。そしてめぐり逢えてからの五十年近く、大きな愛にいかに守られてきたかを改めて思い知らされたのです。

残された言葉の数々を、これからの生きる指針にしていきたいと願っております。

この本を手に取って下さった方々が、日々幸せを感じながら生きて頂ければ、亡き人もきっと喜ぶことでしょう。

人の喜ぶ姿を見ることが大好きな人でした。

さなみ よしこ

目次　「私を勇気づけるあなたの言葉31」

素晴らしい　絵の前に立つと　自分の魂に
純粋な感動が伝わって　くるようだ――30

彼の絵を見ていると　心の中のストレスが　取り除かれて
広い自然の中に自分が　とけ込んでいくような　気がする――32

花の時期は短いから　仕事の合間に
ちょっと、花を見に行って来よう　心の休息は必要だよ!!――34

なんでも本当に素晴しい物は　深い深ーい隠れた所にあるから
時間をかけて苦難を　乗り越えた人がはじめて
見つけることができるんだね――36

友人が〝愛がどんなものか　見せてくれ〟と言ったけれど
見えないから良いんだ
そのすばらしさは例えようもなく　説明もできない――38

自分に自信を持たなければね
こんな僕でも　この世には、たった一人　なのだから――

あなたはよく
僕の好きなものを
知っているね

結婚生活四十七年目に彼は旅立ちましたが、亡くなる前の日まで自分の好きなものが食卓にのると、いつもそう言って喜びました。

私は心の中で、

〝何年あなたと一緒に暮らしているの？〟

と、微笑ましく思っていたのです。

これからお話する〝あなた〟の所を、

彼はいつも〝よしこ〟と名前を呼んでくれました。

あなたの側にいると
一番心が落ち着いて
安まるんだ

何でも始めると夢中になり、没頭して、時間さえ忘れてしまう私の欠点を彼は〝集中力バッグン〟と、評価してくれておりました。

そそっかしい所も、

〝一度にたくさんのことをしているからね〟

と、決してけなしません。

私は一緒に暮らしていて、寛大で、あたたかい彼の一面を知るにつけ、深く引きつけられていきました。

優しいね〝ありがとう〟
そんな君が
大好きだよ!!

誕生日のプレゼントや、何かしてあげると、どんなささやかなことでも決まって、このように感謝の言葉を言ってくれました。

私の誕生日の朝はいつも起きると必ず、

〝佳子今日は誕生日だね、おめでとう!!〟

と言ってくれ、その後すぐ私の古里岩手の方に向かって手を合わせるのです。

〝お父さん、お母さん、このような人を育てて下さってありがとうございます〟と。

明るいだけが取り柄の私をどうして、こんなに大切にしてくれるのだろう?

と、恥ずかしい思いでした。

あなたは
それで幸せなの？
それなら良いけれど……

事業も忙しい中で私がいつも大急ぎで食事を用意して出かける姿を見て、〝こんなに忙しくしてあなたは、幸せなの?〟とよく聞いてくれました。月に一回の文庫活動も、法人会のコーラスも、詩作もすべて〝それなら良いけれど……〟と彼が温かく見守ってくれたお蔭でした。

私が仕事の傍ら、のびのびと自分の趣味に明るく生きてこられたのは、すべて彼の理解と深く大きな愛情のたまものです。

あなたが喜んで
くれるなら
少しも疲れないし
嫌でもないよ!!

仕事で身体が疲れている時でも、終わってから樹の剪定や庭園造りをしていたので、心配してもう帰るように言うと、こう声が返ってきました。

亡くなった後、彼の高校時代三年間を共に佐波家で暮らしたという三級年上の彼の友人が、私にこう話してくれたのです。

〝僕が受験勉強をしている時注文して取り寄せていた日本文学全集、世界文学全集、日本史、世界史、それを彼が全部読破してしまい、一度読んだものを彼は忘れないんだ!!〟と。

いいえ、それどころではありません。

音楽、絵画、六法全書、彼が独学で学んだものは、枚挙に暇がない程です。

とにかく何を聞いてもすぐ答えが返ってくるのです。

私の友人の御主人で高校の校長先生を務めた方は〝大学を出て教師をしていても尚明さんのような博学の人はめったにいませんよ〟と手紙を下さいました。

あなたの素直な感性が
どんな宝石より
輝いて見える

彼は日々さりげなく私を喜ばせてくれました。

嫁いで間もなく友人に〝結婚生活で一番大切なことは？〟と質問したところ、〝御主人の良い点を毎日一つずつでも見つけて褒めてあげて〟とアドバイスを受けていたので、私も素直にそれを実行していたのです。

どんなに大変な時でも強い心で耐え、純粋さと思いやりの心を失わない主人に対し、私も無力ながらも彼を助けたいという気持でいっぱいでした。

女性はもっと
自分を大切にしなければ
いけないと思う
人のうわさ話に熱中するなど
もったいない

感性を学ぶ講座でのこと。八列に十人程並び、先生の言葉を伝言する実験をした時、一番後の人に、正確に言葉が伝わらなかったことに驚いて彼に話しました。

すると彼は、こう言いました。

〝うわさ話は、本人が話したことでなければほとんど嘘と思えば良いよ。人を騙すために言う言葉に惑わされるなんて、もったいない〟と……。

女性が持つ気高く
高邁な精神が
どれほど大切なものか
僕は未来の女性の活躍に
とても期待しているんだ

結婚後十年程して、彼の実弟が会社から独立した後に、彼が喘息を患って入院したことがありました。

私とめぐり逢う前に、体力を過信してどれ程無理をしたのか、その時医師から「御主人は身体を使い過ぎています。今休んだことは命拾いになりましたよ」と告げられたのです。

入院する際に、私が専務取締役という役職に就くよう話がありました。

鉄工業界には役職を持つ女性が居なかったので私が躊躇していると、こう言って励ましてくれました。

とても勇気が出たのを覚えています。

母はとても苦労しているから
好きにさせてあげて欲しい
頑固だからね

どのような苦労だったのか詳しい話は、彼からもお姑さんからも聞くことができませんでしたが、すべて承知してとても母親思いでした。

結婚式が済み、その後、両親と同居しはじめた最初の日に、お姑さんが私の所に来て、「尚明は、優しいよ」とだけ言って下さいました。

母親としてどうしても伝えておきたい程の深い優しさだったのだと、今更ながら心から納得できます。

素晴らしい
絵の前に立つと
自分の魂に
純粋な感動が伝わって
くるようだ

絵画の鑑賞が好きで、仕事で一緒に出かけた時も画廊を見つけると必ず立ち寄って心を休めている様子でした。

〝僕は弁護士になりたかったんだ‼〟

結婚前、一緒に散歩をするのもまだ三度目ぐらいの時、不意に彼は言いました。将来、工場を建てる予定という土地を案内しながら（まだ買い求めてもいない土地なのに）機械油でよごれた作業服でもその瞳は輝いて、どんな夢も実現させる程の希望に満ちていたのです。

面倒見のよい両親は、困っている人を助けてあげたくなる性分で、彼が高校を卒業する頃は家計がひっ迫して家業を継がざるを得ない状態だったと、当時を知る人が教えてくれました。

それでも両親をとても尊敬していたのでしょう。

父母の悪口を彼から聞いたことがありませんでした。

彼の絵を見ていると
心の中のストレスが
取り除かれて
広い自然の中に自分が
とけ込んでいくような
気がする

友人の画家の絵を、いつも手元に置いて見入っており、ある時ポツンとつぶやいていました。

いつもスケッチブックを持ち歩き、御自分の感動した甲斐の山々、伊豆の海をはじめ、日本やヨーロッパの風景など、柔らかい筆づかい、温かい色彩で描かれた作品に、純粋な共感を覚えたのだと思います。

花の時期は短いから
仕事の合間に
ちょっと、花を見に行って来よう
心の休息は必要だよ!!

工場の仕事の外、経理の担当をしていたので、いつも時間に追いかけられて忙しくしている私を、彼は時々、こう言って外に連れ出してくれました。

桃や桜、菜の花など、自然の中に居て花を見ていると、不思議にすべてを忘れて心が解放されていくのを感じました。

私が〝自分らしさを取り戻す〟こと。それが一番と知っていたのでしょう。

なんでも本当に素晴しい物は
深い深ーい隠れた所にあるから
時間をかけて苦難を
乗り越えた人がはじめて
見つけることができるんだね

苦難を乗り越えた後、彼は、しみじみとそう言いました。

経営については数々の努力を重ねてきましたが、二十五年前経営が行き詰まった際には、多くの人々や企業の理解と支援により、会社の再建が叶いました。

その折の感謝は以後の人生観に大きな影響を及ぼし、寡黙な彼がより寡黙になり、私が見失う程、深くなっていったような気がします。

友人が〝愛がどんなものか
見せてくれ〟と言ったけれど
見えないから良いんだ
その素晴らしさは例えようもなく
説明もできない

友人に、

〝愛などという不確かなもの、どんなものか僕に見せてくれよ〟

と、問いかけられた時の彼の答です。

〝あんな優秀な彼が、そんなことを言うなんて……。

愛は、自分で感じることだから、どれ程素晴らしいかなんて何に例えようもないし、又、説明することなんてできないよ!!〟

音楽は魂の共感で
人には絶対
必要なものだと思うよ

佐波家にはトリオのステレオが一台あって、それを友人にも開放して、彼はよくクラシックのレコードを聞いていたそうです。

音楽が好きだった彼は、父親に「音楽は女性がするもの、男がするものではない」と言われて、

〝「好き!!」とは言えなかった。でも僕は違う〟

と、はっきり私に言いました。

親に反抗することがなかった彼の、はっきりした意思表示です。

忙しい仕事の中でもコーラスの練習に通う私を、いつも応援してくれました。

音楽によって
心の波動が広がり
お互いに共鳴し合う
素晴らしい瞬間だよ

彼は店でクラシックの音楽が流れてくると、

〝モーツァルトのアイネクライネ・ナハトムジークだね〟

などとよく言い当てました。

二人で出張した際の車の中や、美しい景色を見ている時、私に疲れている様子が見えると〝僕が歌ってあげる〟と、よく歌を歌ってくれたのです。

それは〝雨降りお月さん〟〝箱根八里〟などの童謡から、島倉千代子さんの〝りんどう峠〟〝この世の花〟等々、どの歌もしっかりした音程で、三番まで歌詞をひとつも間違えることなく私を驚かせました。

お風呂の中で歌っていたこと、忘年会でデュエットした〝埴生《はにゅう》の宿〟等忘れられません。

僕は肩書よりも
人間性が一番大切だと
思っている

いつも人の長所を見つけるのが上手で〝すごいなー、僕にはとてもできない〟と感心しておりましたから、私達の日常の会話も身近な人達に対する期待と夢にあふれるものでした。

一見鷹揚《おうよう》に見える反面、緻密で繊細なところがあり、日々新しい体験や発見を喜んでいたのです。

着るものに無頓着な彼に対し、友人は、

〝尚明さんは自分に自信があったのよ、着る物が目に入らないぐらい!!〟

と言ってくれましたが、私が穏《おだ》やかな心で居られたのは、困難の中でも疑いや不満のない日常の会話があったからだと今思います。

人の哀しみは
体験しなければ
解らないから
読書をして、それを
想像するしかないんだ

ある時、

〝「どうして、勉強しなければいけないの？」と子供達に聞かれたら、あなたならなんて答えるの？〟

と聞いたら彼は、

〝それはたったひとつだよ!! 「幸せになるために」だけど、自分だけではなく周りの人達も幸せにするにはどうすれば良いのか？ まず書物から勉強する必要があるね〟と。

周りの人達も幸せにしたい、そう願い続けて彼は会社を作り、皆が楽しむように樹や花を植えておりました。

その幸せそうな顔を見ていると、私も同じ気持ちでした。

自分が体験すれば
それがいかに苛酷で深いものか
よく解るよ
言葉にできないことも
あるんだ

戦争を体験した方達が、自分の体験を話したがらないという話を聞いて、「何かがきっかけで話せる日が来ると良いけれど……」と、心から願っているようでした。

昭和十七年四月生まれの彼は、戦中戦後を懸命に生きた父母の思いを身近に感じて育ったのだと思います。

親に反発する場面を見たことがありません。

食料を頂きに母の実家の信州に通った日、父と焼野原の東京を歩いた日、感受性の強い脳裏に残った出来事は、その中で自分を育ててくれた尊敬と感謝が消えることがない程、強烈なものだったに違いありません。

どんなことにも
基本があり
それをきちんと守って
応用していけば
世界は広がるよ

彼は〝教育〟というものを一番に考えておりました。

私が主幹する「たんぽぽ文庫」を手伝ってくれる学生達が活動の反省会を開いている時、そこに来て突然真剣に話し出したのです。

〝皆様は、これから国の未来を創っていく子供達の教育をするという素晴しい仕事をされるのだそうですね。それに比べたら私のような企業の経営者の仕事は小さなものです。

せめて私が、利益を上げて税金を納め、皆様に国の未来を託すしかないのですから、どうぞ皆様がんばって下さい〟

その場が急に厳粛になったのを思い出します。

僕は、こんなにすばらしい
季節に生まれた
若葉はまるで命が躍って
いるようだ

庭園造りが趣味だった彼は、自然に対する思いを人一倍強く持っておりました。言葉は返らなくても、花や樹々に心の内を語りかけていたのでしょう。

亡くなる一カ月程前に、

〝何年も力を注いできた庭園が完成したから、庭に私の友人の名前の一文字を頂いて「天祥園」と名付けたい〟と言いました。

〝自分達を支えて下さっている皆様の幸せを天に祈る〟

という意味だそうです。

常緑樹が好きだった彼の庭には、松やもっこく、モチの木、高野マキなどが、四季折々に光を集め、輝きながら今も私を元気づけてくれます。

彼が大切にしていた樹々の精達が語りかけてくるように……。

樹木も花も
人の心を癒してくれる
時には、肥料をやったり
水をやったり
お返しをしなければね

夏の暑い盛り、お気に入りの桧笠《ひのきがさ》をかぶって汗だくになりながら、植木に水をやっていた姿が目に浮かびます。

とても楽しそうで辛いような素振りは、微塵《みじん》も見せません。

どんな作業でも楽しんでしまう人でした。


今も毎年春には、水仙やチューリップが愛らしい色とりどりの花をつけ、初夏には青紫色のあやめが楚々と私を迎えてくれます。

秋には清々しい桔梗と紅葉の共演。冬には山茶花の白い花びらが手を振るように散った後に、ピンクの花が〝永遠の愛〟を告げて雪の中に咲き続けます。

花に託した彼の言葉も、私を捉えて離しません。

隠れた所で
正しいことをする人が
僕は一番信頼できる

ボランティアで文庫活動をしている私が、真剣に考え、迷ったりしていると、いつもそう言って元気づけてくれました。

彼が理解して支えてくれたからこそ、四十五年間も続けられているのです。

お百姓さんや
草取りに来て下さる方に
尊敬できる人がいて
頭が下がる思いがする

我を忘れる程誠実に仕事に取り組む人を尊敬して、「頭が下がる思いがする」と言っておりました。

そして、そのような人とめぐり逢った幸せを、いつも嬉しそうに私に話してくれました。

草取りをして下さった方が奥様を連れて庭を見に来られて、

「世界一の庭だね!!」と褒められた時に、

「すぐお茶とお茶菓子を持って来て!!」

と私に振り向いた時の、満面の微笑みが忘れられません。

僕は不器用だから
人より以上に
努力しなければ
ならない

いつも謙虚で〝僕は不器用だから〟と言う彼を、川口市で事業を営む社長御夫妻は訃報を聞いて、

「尚明さんは心に刃《やいば》を持たない唯一の経営者で、あたたかい人徳のある方でした」

と心から惜しんで下さいました。

人を裏切ることを一番に嫌い、人を責めないので、私も社員も、どれだけ救われたか知れません。

無心になって仕事に
打ち込んでいると
終了のチャイムも聞こえず
もう？　と思ってしまう

工場で機械に向かっている時は、能率を上げることに熱中している姿に、いつも励まされました。

社員に対しても一人一人の特異な力を信じ、細かくは言わず、新しい技術に挑戦した時は、機械の傷み等は気にせずに、その姿勢を絶賛しているのです。

その時の目の輝《かがや》きを、忘れません。

試作が成功したりすると
仕事がより楽しくなり
お金や、信頼は必ず
その後について来る

もう三十一年以上前になりますが、量産の製品の加工をしている時でも自動化に取り組み〝人件費の安い外国と競争していくには、機械を二十四時間動かすしかない〟と、友人の知恵をお借りしたりして真剣でした。

人が稼動させる機械も、少ないコストで何倍もの生産を上げる為の試作を日々繰り返し、一年以上の後、やっとより短い時間に最高の数量を加工する方法をつきとめた時の喜びはひとしおでした。

取引先からその部品が生産力で〝世界一〟と言われた時、

「社員の団結の成果だね」

と言って、何度も乾杯した姿が忘れられません。

仕事が楽しくなると
収入は必ずついて来る
そして成果は、自分を
押し上げてくれる

工場に入っている時は、いつも心から楽しんで仕事をしておりました。

ある日、彼のお墓がある菩提寺の黒板に書かれていた言葉に、私ははっと心を打たれました。

正に午年《うま》の彼の生き方そのものだったからです。

馬のように
一途に飛んでいこう

水のように
素直に流れていこう

雲のように
身軽に生きていこう

良い人と会うと
ずうっとあたたかい
余韻が残って
幸せが続くね

仕事関係の理解者の御夫妻や、友人と楽しい時間を過ごした後は、本当に満足そうにこう言いました。

彼は自分に対してはとても謙虚でしたが、人に評価されると、とても嬉しそうに何度も口にしておりました。

四十年以上、兄貴と慕い尊敬する山梨市の社長に、

「君は、生まれながらにして社長の素質がある人だ」

と言われた喜びを、自分の励みにしていたことを思い出します。

常に未来を見据え、社員を大切に事業を広げている御夫妻に、経営の多くを学ばせて頂きました。

彼もどれほど感謝していたか、計り知れない程です。

今に
解るよ‼

彼の真実の姿をある方が誤解されていると知って、誤解を解くようにお話ししたところ、〝今に解るよ!!〟と答えました。

いつもそう言って弁解しようとしません。

安易に人を誤解するような人はすぐ忘れる、大切な時間をかける値打がないし、何の意味もない……と。

歴史的な視野に立った広いものの考え方は、とても新鮮で歴史が苦手だった私も、知らず知らずのうちに歴史が大好きになっておりました。

自分でも気付かない程、自然に導かれていたような気がします。

自分に自信を持たなければね
こんな僕でも
この世には、たった一人
なのだから

いつも自分を低く見ているのでは？　と思う程彼は、体力があって、友人も認める駿足も、記憶力も、自慢せず、他の人の良いところを見つけては驚いているのです。

いつも謙虚に自分を恥じる姿を見て、私は感心し、

〝あなたの方がずっとすごいのに!!〟

と思いながら、自分も見習わなければ、と心に言い聞かせておりました。

〈佐波尚明の哲学〉

小学四年生の時、書道を教えて下さった先生から、新工場竣工のお祝いに良寛和尚のこのような言葉を頂きました。

「騰々　任　天真《とうとうてんしんにまかす》」

権威から離れ、世間の評価や体裁も気にせず、嘘偽りのないありのままの姿で自由自在に生きる良寛さまの言葉は、正に彼の深い所まで見抜いて下さった先生ならではの言葉と感銘を受けました。

いつも物事の本質を見つめ、人におもねず、事業でも二十年から三十年先を考えて手を打っていく生き方を理解できない人も多く、変り者と思われ、青春時代は孤独な日々を送っていたのかも知れません。

その寂しさの分、周りの目を気にしない正直で一途な心が私に向かっていたような気が致します。

福岡県士族の誇りを胸に〝武士道〟に憧れ、製造業一筋に石油精製の為のコンビナートの部品を世界に送り、日本の電力を支えるコンプレッサーの心臓部の部品を造り続けてきました。どんな苦難にも恩師から頂いた〝百折《ひゃくせつ》不撓《ふとう》〟という言葉を胸に、六十年会社経営に身を貫いた一生でした。

何事にも潔く、品位を大切に、人にも仕事にも深く思いを込めて誠意を尽くした姿が深く心に残っています。

この世に姿ある時も、「僕は心の世界（形而上学の世界）を大切にしたい」と言っていたあなた。

あなたとめぐり逢えて共に生きた幸せに、心から感謝を込めて芥川也寸志の言葉を贈りたいと思います。

「その人の人生が美しいということは、
その人の日常が美しいということです」

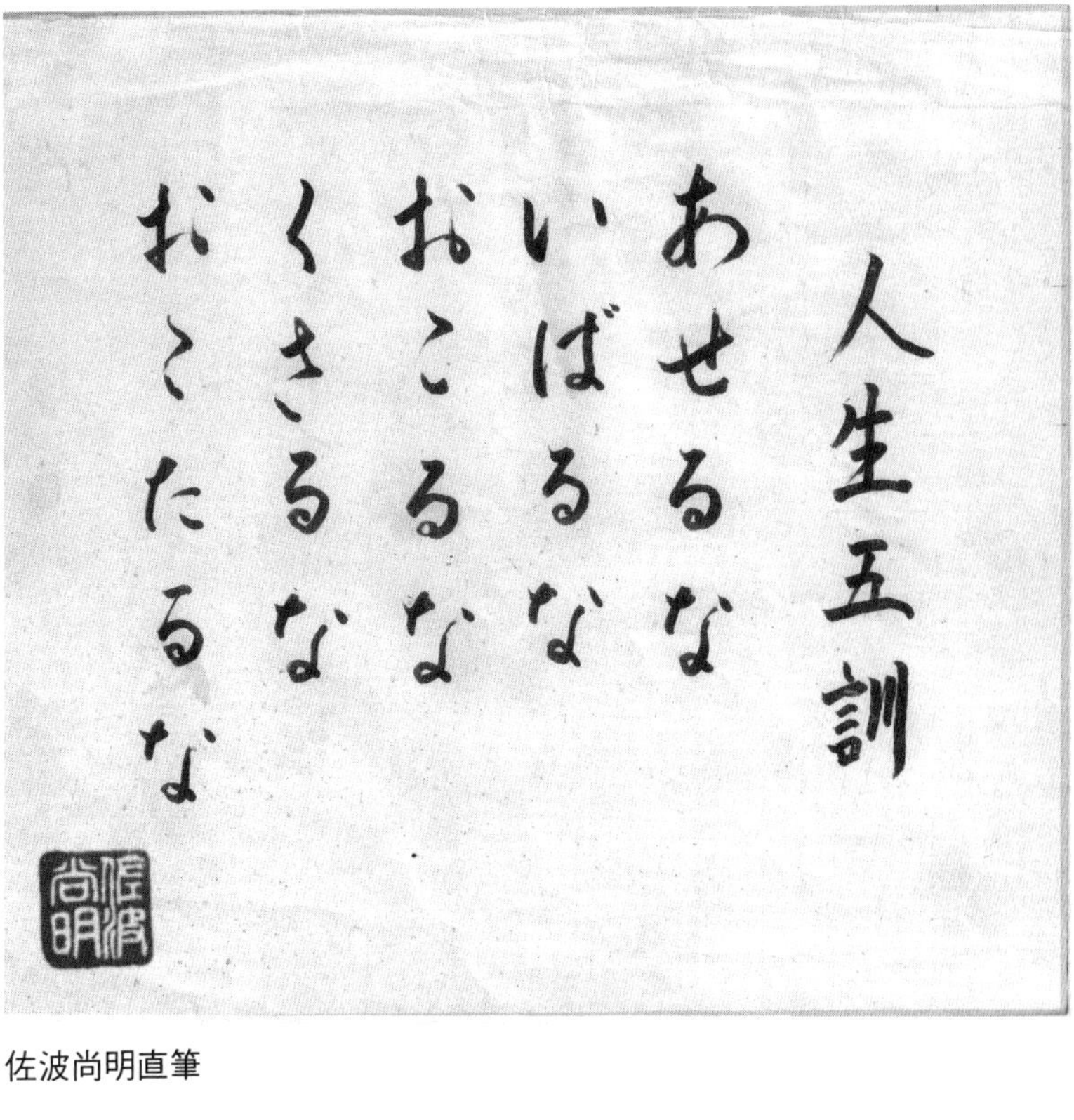

佐波尚明直筆

おわりに

人生の味わい深さを
教えてくれたのは あなた
真実の愛の すばらしさを
教えてくれたのは あなた
人を信じる強さと喜びを
教えてくれたのも あなた

私はあなたとめぐり逢うために生まれて来たのかもしれません。
三年の月日にようやく解りました。

今、あなたの魂は澄みきって、ずっと私の側にいることを。
言葉は、私の中で生き続けて決して涸れることはありません。

あなたが見つめていたことを
見つめていきたい

あなたが生きたように 背すじを伸ばして
広く深く学びたい

あなたが願っていたことを
願っていきたい

困っている人を助けたいと、弁護士を目指したという高校時代、
家庭の事情でその夢をあきらめ、家業の鉄工所を引き継いだとのことでした。

その後、会社経営ひとすじに力を尽くし、
「若者が生涯大きな夢を持って働ける職場を作り 長く続けたい」
と高い志を持った目が輝いておりました。

その夢を引き継いでくれる人に渡したい。それが私の一番の望みです。

あなたを想う時、永遠を想います
私の行くひとすじの道を、照らして下さいね

あなたと一緒にお世話になった方々に、
ささやかでも、ご恩返しをさせて頂きましょう。

二〇二三年三月

さなみ よしこ

著者プロフィール

さなみ よしこ

1948年岩手県生まれ。
「伊藤忠記念財団 子ども文庫功労賞」受賞。
山梨県在住。

【著作】
『碧い道』（1993年／MOOK）
『風に向かって』（2003年／文芸社）

私を勇気づけるあなたの言葉31

2023年 6 月15日　初版第 1 刷発行

著　者　さなみ よしこ
発行者　瓜谷 綱延
発行所　株式会社文芸社
〒160-0022 東京都新宿区新宿1－10－1
電話 03-5369-3060（代表）
03-5369-2299（販売）

印刷所　図書印刷株式会社

ISBN978-4-286-24129-6